Peter Fischer

ANANKE

Peter Fischer

ANANKE

Lyrik

Ludwigsfelder Verlagshaus
2008

Bibliographische Informationen der Deutschen Bibliothek

Die Deutsche Bibliothek verzeichnet diese Publikation in der Deutschen Nationalbibliographie; detaillierte bibliographische Daten sind im Internet unter *http://www.ddb.de* abrufbar.

Einbandgestaltung und Layout:
Gerd Schröter, Augsburg
Umschlagmotiv: „R.O.T.“, Farbholzschnitt, 1994 von Timm Kregel, Gorsleben
Satzschrift: Rotis Semi Serif

2. Auflage 2008

Dr. Eberhard Grünert

Heinrich-Zille-Straße 57
14974 Ludwigsfelde
e-mail: verlagshaus@gmx.de

ISBN: 987-933022-52-3

„Es ist also noch alles da, es bleibt auch da, es wird nichts zerstört, unsere Gedanken, Formen und Träume leben weiter, da sie älter und echter sind, als gewisses Gequatsche und Gelärme“

Gottfried Benn

Schmale Pfade

Der Abend der Zeit scheint
Nahe: Still kehren bei
Sinkender Sonne die weißen
Schiffe nun heim. Doch füllt ihre
Fracht die Ärare nicht: Schauermanns
Hunger bleibt, und die Gier der
Tycoone reißt die Reusen der
Fischer von ihren schlingernden
Schiffen aus dem Nährstrom der
Zunft: Die Vernunft triggert zum
Vorspiel einer wirren Utopie im
Trüben Fruchtwasser ertrunkener
Pharaonen. Nur Rousseau hält die
Speicher des sanften Behagens
Leer, und die Mütter recken den
Reichsapfel zum Thron, preisen die
Spur der Pflugschar und das satte
Blattgrün aufwärts zu den schmalen
Stolperpfaden des lange schon
Verlassenen Olymps.

Zeitfragen

War es nicht erst gestern, Eheu
Fugaces anni..., dass ICH über die
Glänzenden Knospen Deiner
Hochragenden Brüste strich, Dein
Haar verwühlte und die Rose, die
Schönste, schnitt, Dein Wasser trank,
Grusiniens Tee schlürfte und á
Tergo mich willig dem höllischen Takt
Des schilfernden Lebens beugte? War
Es nicht erst gestern? Eheu fugaces...?

Reimen sich die Dinge des großen
Ablaufs immer neu? Nun, da die dunklen
Abendschatten länger werden und
Nur noch der Wechsel der
Tage gelingt. Wohin ist der mohnrote
Mund, das Wasser der Rose und das á
Tergo der Zeit mit seinem wehen Glück des
Leicht gestoßenen Atems, den hellen
Lockrufen der schwarzen Milane vom
Hohen Himmel Darguns und dem läppischen
Drehtanz unterm grün umkränzten Maibaum,
Wohin sind die Jahre ...?

Kindheit 1

Früh wusste ich von den Plagen am
Rauen Stein und von den vollen
Futteralen der zäh quellenden
Zeit. Ich sperrte mich lange,
Schließlich trieben die Bomber nach
Würzburg mich aus.

Der Winter schien lange
Vorbei. Längst war auch an den
Nördlichen Hängen der Schnee schon
Getaut, die Blüten der Kirschen
Braun und die Kresse an den
Schwappenden Brunnen bitter und gelb.

Da dämpfte der Mai jäh das Licht,
Schob mich den wehen Waisen zu,
Pflanzte Schlehdorn statt Rosen ins
Frühe Beet und setzte auf späte Ernte in
Nebligen Herbsten.

Der Rosentraum blieb, aber nur die
Harten Dornen der Schlehen
Wuchsen, und der üppige Wildwuchs der ersten
Dezennien blieb ohne Frucht. Wohin
Wenden, wenn die dunklen Schatten
Kleiner Gräber bis zum
Fahlen Horizont hin reichen?

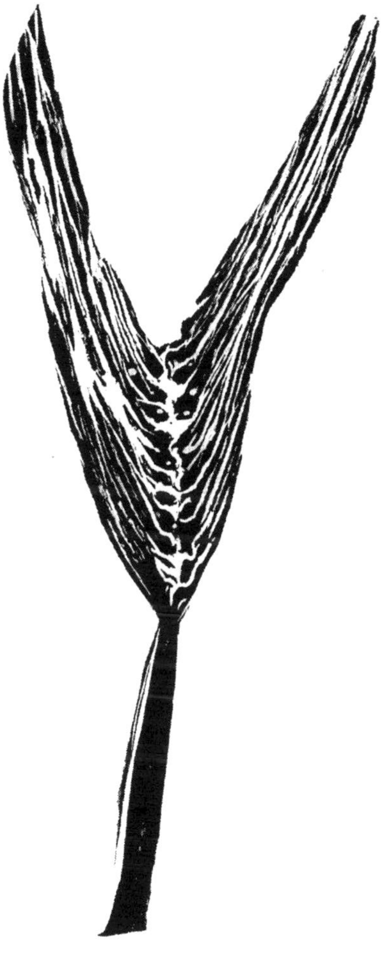

Kindheit II

Als die stygische Erkundungsfahrt
Begann, färbte sich mit Vaterblut
Der träge fließende Main und die
Schwarze Kurve bei Bethlehem Steel
Stieg steil weiter nach oben. Wieder ein
Großer Tag für Pennsylvania.

Im Mai schon tanzten die Myrmidonen
Auf den erratischen Blöcken aus hellem
Granit, verwarfen Zimbel, Harfe,
Flöte und zwängten Clio in ein
Frisch gestärktes Korsett.

Alles mutierte: Die Zeit fuhr in neue
Gewänder. Das kartätschte Land, neu
Vermessen, schloss schnell die Gräber,
Schleifte Ruinen, zog breite Spuren und
Verwischte die salzlosen Tränen.

Essen fassen! Corned Beef und Soljanka
Lockten, Schuster flohen ihre Leisten,
Löschten das fahle Flackerlicht der matt
Schimmernden Kugeln, Schneider stiegen
Von den Tischen – regierten! Bald
Schrumpften Väter, Mütter, Brücken,
Land & Lehrer. Früh gelöschte Kerzen: Kinder
Verloren Dächer und die Ronneburger
Berge das Uraninit. Was kann noch blühen,
Wenn der Same auf Dosenfleisch fällt?

Sommer

Leicht verwehen nun warme
Winde die Samen der Birke
Bald nach der jährlichen
Wende des großen Lichts,
Damit sich der Kreislauf
Stets neu vollende
Zwischen Erfüllung - und Nichts.

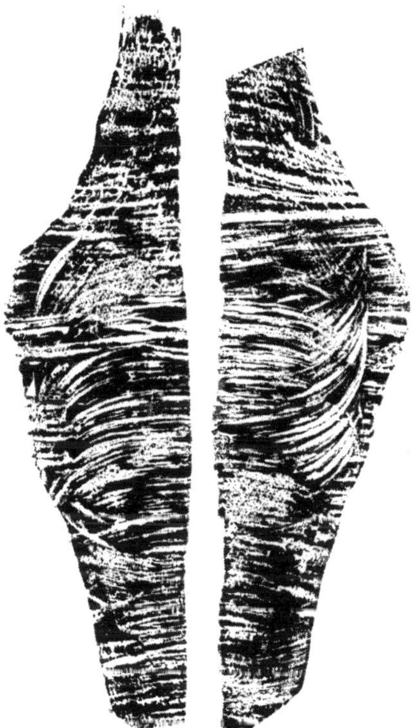

Frühling

Wer sagt denn, dass das
Blühen nachlässt, wenn die
Zeit anschwillt und die Sanduhr
Voller läuft?

Verwehter Phlox und letztes
Asterblau im Schnee – milder
Mohn pelziger Raunächte. Chronos
Refft seinen dunklen Segel: Erster
Vogelzug und gefurchte Zelgen,
Schwirre Paarung und drängende
Keime. Gestern kehrt
Wieder und wendet die Revers.

Warum soll jetzt schon alles
Verwehen, noch ehe der
Abend schimmert?

Begehren

Liebste, ach Liebste, komm lass´
Mich doch ein. Nur im Mai sind
Grannen so biegsam und fest.

Liebste, ach Liebste, komm, lass mich
Schnell ein, noch steht die Sonne nicht
Oben, schon treiben die süßen Keime.

Liebste, o Liebste, so lass´
Mich jetzt ein, sonst knickt die
Granne weit vor der Zeit und
Löscht die Farbe der Pflaume.

Schilflied

Der gelbe Mond nimmt sich
Lange Zeit, auch die Karwoche
Klebt an den Zeigern. Der
Alte Pan schweigt: Keine
Geschürzten Lippen, nichts
Tönt mehr über die
Verwachsenen Pfade.

Das neue Schilflied kennt
Keinen Mai, singt nicht vom
Brot, von Vogelzug und dem
Roten Wein sanfter Hügel. Die
Tore nach Ur sind längst
Verschlossen. Es folgt die
Letzte Station: Die Krücken
Zum Greifen bereit oder vorerst zur
Aushilfe noch irgendwo auf Tour.

Ananke

Wer tritt noch heraus, wenn
Die Balkone fehlen, wenn
Sich auf fremdem Grund die
Breiten Becken dehnen und
Die Weihestunde der neuen
Götter schlägt?

Jetzt weckt
Nur der Takt und der
Rhythmus wiederholt, das
Kleinhirn tremoliert den
Wunderhymnus vom
Wrangen Glück: Gefinkelte
Hausse und haariger Eibisch
Gegen belegte Rachen. Ranke
Sendetürme kühlen die scabröse
Strahlglut des „Fat man" von
Nagasaki, stauen den stockenden
Fluss der Drüsen und phrygische
Mützen hemmen den Aufstand der
Hirne. Epiphanie von Karbon &
Devon: 's ICH türmt rückwärts,
Und die Amme des Zeus schneidet
Die zähen Fäden. Ananke hält die
Zügel – und der
Fragebogen bleibt weiß!

Herbst

Letzte Falter taumeln auf
Welkem Dahliengrund. Längst
Schon verhallt der trunkene
Ruf nach dem Tausch der
Gläsernen Ringe. Davon
Das Lob der Sänfte und des
Bannenden Sehnens. Erloschen
Die kreisenden Sonnen und das
Lohen der Flammen.
Apollo stirbt schnell mit den
Winden aus Nord: Krebsgang
Der Gezeiten – Anfang und
Ernte und das doppelte
Blau liegen vergessen im
Salzigem Meer, Hyberboreea
Deckt jetzt der Schnee von
Jenseits der sieben Hügel.

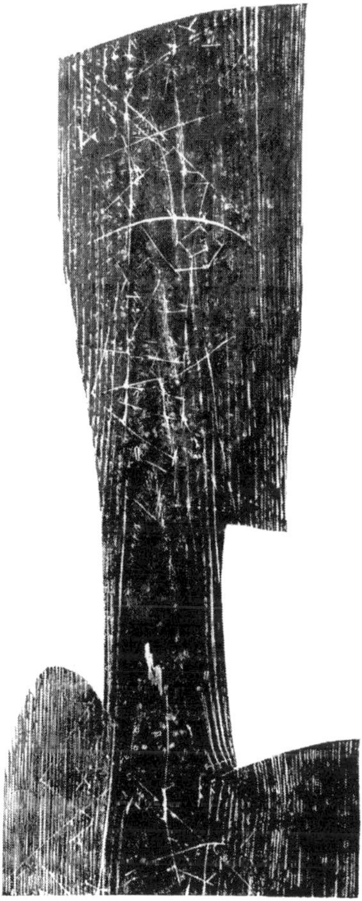

18 Jahre später

Westlich von Lissa schien der
Blick wieder frei: Der Limes
Endlich in großen Stücken
Geschleift. Sirius und Pegasus
Blinkten heller, Hohepriester
Frohlockten und hofften mit
Goldenen Sicheln auf hohe
Ernte.

Aber die weißen Kugeln der
Misteln auf den kahlen Bäumen
Treiben nur im Winter zur
Blüte. Doch niemand hielt die
Roten Fangtücher aus, also
Fielen sie dahin... Bald
Besorgten Skorpion, Mars und
Pluto dem großen Lümmel den
Gewohnten Rest.

Sie drangen rasch, bleich und
Wolkenweiß wie der
Tagmond geduckt in ihre
Unbewehrten Gräben, entfachten
Wieder die schlimme Glut an
Hellen Hoffnungsufern, lobten das
Eiapopeia von großer
Freiheit und niedrigem Zins und
Zogen warnend die gelbe
Pestflagge hoch und einen
Stählernen Sperrdraht ums
Heilig' Herz.

Nun führt kein Weg mehr zu
Hyperion zurück: Helios' Kinder
Kennen das frühe Lied und den
Alten Taktschlag nicht mehr.

Kurzer Winter

Blüte auf Zeit: Die kahlen
Hecken stehen nun
Weiß auf umbrochenen
Feldern. Die geliden
Gemmen ruhen, und die
Asche der Zeit verweht:
Anfang erlöst sich vom Ende,
Und Erde und Vorjahr
Werden sich fremd. Sieben
Halkyonische Tage nach der
Wende: Und der Ruf der
Eisvögel weiß schon von
Staubtanz und Fußspur im
Tauenden Lehm.

Siesta

Auf sandigem Grund liegen lang
Schon zerbrochen die steinernen
Gebote der Frühe. Doch das arid
Gewordene ICH zwingen
Lictoren zu Eloahs Triumph zum
Schlaf in dicht geflochtene
Netze auf weiträumige Wiesen.

Blühzeit für pilose Klingonen,
Bauchige Boviste. Aus für den
Taumelflug des Schmetterlings, die
Sakrale Anmut des flüchtigen
Regenbogens.

Wer bläst nun das
Schofarhorn, löst den perennen
Pfahl aus dem Seelenfleisch,
Weckt Frère Jacques, Rip van
Winkle und die salopp gewordene
Hundertschaft der Hellen, gießt
Limpides Wasser über den
Salzstarren Leib von Lots Weib?

Günstige Zeit

Nachts fallen letzte Birnen
Klatschend ins dunkle
Gras und die schneeblauen
Nächte zeigen Dauer an. Der
Mond mäandert zum Ägäischen
Fest, lässt Schatten wachsen und
Fliehen. Nur die nördlichen
Winde, das blutige Mohnrot des
Frühhimmels und der Eisreif auf
Darrenden Blättern fassen noch
Mut: Ikaros könnte jetzt
Fliegen!

Verknüpfungen

Wenn der Mond
Fahler scheint,
Weit nach Mitternacht –
Und ich mich vor
Dem neuen Tag
Verneige:
Beugt sich mein
Schatten mit –
So wie der Morgen
Vor dem Gestern.

Erläuterungen

Ärare – lat., aerarium, Staatskasse, Staatsvermögen. Zu aes = Kupfer, da römisches Geld auch aus Kupfer bestand.

Ananke – griech. Mythologie, die Personifizierung der Notwendigkeit und des Schicksals, der selbst die Götter gehorchen müssen.

Apollo – griech. Gottheit des Lichts und des Frühlings.

Arides – lat., aridus, trocken

Chronos – griech. Mythologie, Gott der Zeit, versinnbildlicht die Vergänglichkeit

Dargun – Kleinstadt in Mecklenburg-Vorpommern, nördlich des Kummerower Sees gelegen.

„Eheu fugaces, Postume, Postume, labuntur anni..." – lat.: „Ach, wie flüchtig, Postumus, Postumus, gleiten die Jahre dahin..." Zitat aus den Briefen des Dichters Horaz.

gelid – lat., gelidus, kalt, eisig

Halkyonische Tage – bezeichnet den Zeitraum von sieben Tagen im Dezember, in denen das Meer völlig ruhig ist.
Alkyone, Gestalt a. d. griech. Mythologie, in einen Eisvogel (griech. halkyon) verwandelt, baut in dieser Zeit ihr Nest.

herostratische Feuer – nach Herostratos, der 356 v. Ch. den Dianatempel von Ephesus in Brand steckte, damit sein Name der Nachwelt erhalten bleibe.

„heilig‘ Herz“ – bezieht sich auf eine Stelle in Friedrich Hölderlins „Hyperion“: „O, heilig´ Herz der Völker...“

Hyperboreea – eigentlich „jenseits des Nordens“, sagenhafter, im äußersten Norden gelegener Ort der Griechen. Die Bewohner, die Hyperboreer, galten als ein seliges Volk, dessen Land weder zu Fuß noch zu Schiff erreicht werden konnte.

limpides – lat., limpid, hell, klar, durchsichtig, reinigend

Lissa – niederschlesische Ortschaft nordöstlich von Görlitz.

Mistelzweige – Halbschmarotzerpflanze, gilt nach mitteleuropäischer Überlieferung als eine Art von Universalheilmittel, das im Winter von den Bäumen geholt und nach unten auf ausgelegte Auffangtücher fallen soll. Die Inhaltsstoffe der Mistel werden auch von der pharmazeutischen Wissenschaft als mögliches Heilmittel gegen Krebserkrankungen geprüft. Mistelzweige gelten als Symbol von Versöhnung und Frieden.

Nephele – eine Wolke, die Zeus in Gestalt von Hera erschaffen hat; sie besitzt das Vermögen, es regnen zu lassen.

Pluto – römischer Gott der Unterwelt, besonders als Symbolgestalt für den gierigen und ausschließlichen Gelderwerb.

stygischer Ausflug – bezieht sich auf „Styx“, dem Fluss der Vergessens, der in die Unterwelt führt und zugleich auch auf die Grenzregion zwischen der Welt der Lebenden und der Toten im Schattenreich des Hades verweist.

Tycoon – japan. „taikun“, Großer Gebieter, als äußerst ehrenwert gemeint. Steht im heutigen Sprachgebrauch dagegen negativ für einen hemmungslos ausschließlich nach Profit strebenden Finanzmagnaten.

Uraninit – radioaktives Oxid-Mineral mit der Formel UO_2, auch Uranpechblende genannt, das zur Herstellung von Atomwaffen genutzt wird. Die reichsten Uranlagerstätten Europas, im Erzgebirge und Thüringer Wald (Ronneburg) gelegen, waren eines der wichtigsten Kriegsziele Sowjet-Russlands unter Stalin.

Verzeichnis der Gedichte

Verzeichnis der Abbildungen

(Holzschnitte von Timm Kregel, Gorsleben)

(Die Holzschnitte sind nicht in ihrer Originalgröße abgebildet)